AF465594

LETTRE
EN VERS
DE GABRIELLE DE VERGY,
A LA COMTESSE DE RAOUL
SŒUR DE RAOUL DE COUCY,

Par M. MAILHOL;

Suivie de la Romance sur les Amours infortunés de GABRIELLE DE VERGY *&* de RAOUL DE COUCY, *attribuée à M. le Duc de****

A PARIS,

Chez la Veuve DUCHESNE, rue S. Jacques, au Temple du Goût.

M. DCC. LXVI.

Avec Approbation & Permission.

PRÉCIS DE L'HISTOIRE DE GABRIELLE DE VERGY.

SOus le règne de Saint Louis, Gabrielle de Vergy nâquit en Champagne de parens nobles & considérés. Leur demeure, peu somptueuse, n'étoit pas éloignée du petit Château de Coucy, apanage & séjour de la famille des Raoul. Gabrielle y fut élevée avec soin ; &, jusqu'à son adolescence, elle y vécut Compagne du jeune Raoul de Coucy. Ces deux tendres fleurs croissoient, s'épanouissoient, brilloient ensemble, & paroissoient se communiquer un éclat, qui réciproquement les embellissoit.

De Vergy étoit belle & ſpirituelle. Raoul étoit beau, & montroit plus d'eſprit encore. La conformité des amuſemens, des goûts, des penchans, des plaiſirs, fit naître dans deux cœurs ſi intéreſſans une amitié mutuelle, tendre, vive, plus délicieuſe que l'amour, ou plûtôt qui étoit l'amour même, dans toute ſa pureté. Mais leur bonheur fut bien-tôt en bute aux plus rudes traverſes. Elles ſemblent le pourſuivre par-tout, comme on voit l'Envie pourſuivre la Proſpérité, tous les Talens & la Gloire.

Gabrielle perdit ſa mere, & on la retira d'auprès de ſon Ami. Dès-lors, ſon pere ambitieux fonda ſur ſa beauté l'eſpoir d'arracher à la Fortune, par un établiſſement diſtingué, les faveurs qu'elle avoit refuſés à ſa famille. Mais il découvrit le ſecret du cœur de ſa fille. Adorée de Raoul, elle brûloit pour lui : le tendre ſentiment, né dans leurs âmes dès leur enfance, s'étoit changé en la plus forte des paſſions. Gabrielle reçut en frémiſſant l'ordre de ne plus parler à Coucy : & on la contraignit à ſouffrir les viſites & les ſoins de Fayel, que ſes charmes avoient ſéduit. Cet homme riche, puiſſant, orgueilleux, cruel, ſe ſervit de l'ambition du pere pour obliger la fille à ne pas dédaigner l'offre de ſon cœur.

Raoul pénétré de chagrin, voulut tâcher de revoir ſon Amante, & de jouir du bonheur de lui parler en particulier. Il écrivit; il fit agir une jeune ſœur, qui commençoit à ſentir les maux de ſon frere : mais on ne voulut pas conſentir à des rendez-vous, qui pouvoient, à tous égards, devenir très-dangereux. A ce ſujet il composa des vers, dont ceux-ci faisoient partie :

Cet don n'est pas courtois, qu'on trop délaie,
Si s'en esmaie & plaint c'il qui attend.
Un petit bien vaut mieux, si Diex me voye,
Qu'à un ami l'en fait courtoisement,
Que cent greigneur qu'on fait ennuiaument ;
Car qui le sien donne recroiaument
Son gré en pert ; & si couste ensément
Comme fet cel qui bonnement employe.

L'estimable Gabrielle vit son tendre Ami, mais seulement pour déplorer avec lui les plaisirs innocens dont ils avoient cessé de joüir, & les douleurs qui devoient désormais être l'aliment de leur vie. En effet Coucy fut obligé bien-tôt après de se porter sur le Rhin, pour y faire ses premieres armes ; & le pere de Gabrielle profita de cette absence pour contraindre sa fille à épouser Fayel.

Raoul de retour, voulut revoir l'Objet de toutes ses pensées ; & Gabrielle crut pouvoir se permettre de lui parler encore une fois. Son époux, jaloux & barbare, l'ayant fauſſement ſoupçonnée d'avoir commis contre lui des infidélités, la fit renfermer ſeule dans un ſouterrain au-deſſous de ſon Château.

Coucy n'ignora point le ſort de cette triſte Victime. N'en pouvant plus recevoir directement aucune nouvelle, eſperant d'ailleurs que par une longue abſence il pourroit contribuer à faire ceſſer le courroux de Fayel & ſes procédés inhumains, il ſe réſolut d'accompagner aux Croiſades le Roi & le Comte de Champagne. Avant ſon départ, ſa paſſion & ſa douleur lui inſpirerent encore des vers, dont on rapporte ce fragment:

Se mes corps va ſervir notre Seigneur,
Mes cuers remaint du tout en ſa baillie:
Por li m'en vois ſoupirant en Surie.

Cet Amant malheureux, guidé par la rage & le déſeſpoir, fit des prodiges de valeur contre les Sarraſins. Mais bien-tôt, bleſſé mortellement dans la ville de Maſſoure, il employa le peu de momens qui lui reſtoient, à écrire à Gabrielle. Il voulut que ſon Ecuyer embaumât ſon cœur après ſa mort. Il lui dit de le porter à celle qu'il aimoit, avec ſa lettre, & un cordon de cheveux accompagné de diamans qu'il tenoit d'elle, & que depuis il avoit toujours conſervé ſur lui.

L'Ecuyer, arrivé près du Château de Fayel, eſt aſſaſſiné par ce Mari féroce. Celui-ci feint de ſe raccommoder avec Gabrielle. Il lui fait manger le cœur de ſon Amant, mêlé avec d'autres viandes ; il y ajoûte la cruauté de l'en avertir : & cette Femme infortunée expire, en le maudiſſant, dans le plus affreux déſeſpoir.

AVERTISSEMENT.

Par le peu de vers qu'on vient de lire on a pû juger de l'esprit & des talens de l'infortuné Raoul. Dans le tems où Gabrielle n'étoit point encore livrée à son Rival, il composa un Poëme, dont le titre étoit : LE RETOUR DE VÉNUS DANS LES CIEUX. *Un manuscrit peu connu a transmis jusqu'à nous le plan & quelques fragmens de cet ingénieux Ouvrage.*

Minerve avoit vû avec dépit que les Jeux & les Ris égayoient quelquefois un peu trop la Cour Céleste. Elle engagea Junon & Jupiter à y faire une réforme. Les Jeux & les Ris n'eurent plus leurs entrées aux Banquets ; & dès-lors on y vit regner à la fois la décence, la dignité, la sagesse & l'ennui.

Hébé, Diane, Vénus & plusieurs autres Déesses folâtres ne s'accoutumerent pas aisément à une telle étiquette. Elles la fronderent sans ménagement, & prouverent qu'elle étoit ridicule. Mais Minerve soutint son Ouvrage. Sa pruderie excita des querelles, qui engagerent Vénus à quitter l'Olimpe, & à se retirer dans l'Isle de Cythere. Cependant cette Déesse aimable ne put se faire suivre par son fils, qui disparut.

L'ennui se fit ressentir bien davantage parmi les Dieux. Les plus vives plaisanteries de Momus ne purent parvenir à dérider les fronts de leur auguste assemblée. Il fallut chercher un remede à tant de maux : & toute la sagacité des Immortels ne put le trouver que dans l'espoir d'engager Vénus à retourner dans l'Empirée.

Contre l'avis de Minerve & de Junon, on

résolut en conséquence d'envoyer Mercure à Cythere. Mais ce Dieu appréhenda d'y perdre son éloquence. Il demandoit qu'on voulût bien ne pas le charger d'une telle négociation ; il représentoit combien il lui seroit difficile d'appaiser la Déesse de la Volupté, dont on avoit outragé la famille ; quand tout-à-coup Momus se montra tenant dans ses bras Cupidon : il venoit de trouver le petit Dieu tout en pleurs, caché dans l'Armure de Mars.

On essuya les larmes de l'Amour. On lui versa du nectar ; on lui demanda excuse des chagrins qu'on lui avoit causés ; on l'implora : & Cupidon sourit.

Mercure & l'Amour descendent à la Cour de Vénus. D'abord elle rejette leurs propositions ; mais bien-tôt, séduite par les discours du Dieu de l'Éloquence, attendrie par les sollicitations de son fils, elle se rend. Elle revole vers l'Olimpe, & y ramene à jamais les Jeux, les Ris & la Félicité.

Dans le cœur de la Déesse il restoit encore un peu de ressentiment contre les hauteurs de Junon: je vous en vengerai, lui dit l'Amour en cachette, par les folies où j'engagerai son Époux.

Jupiter, qui le Monde reigle,
Commande & establit à reigle
Que chacun pense d'estre à ayse,
Et fist scet chose qui lui plaise.

. . . .

Et affin que tous s'ensuyvissent,
Et qu'à ses Oeuvres se prénissent,
Exemple de vivre faisoit
A son corps ce qui lui plaisoit.

On a cru ne pas déplaire au Public en joignant des Gravures sur le sujet de ce Poëme, à un Ouvrage qui n'est en effet que l'Histoire du Héros qui le composa.

LETTRE
DE GABRIELLE DE VERGY,
A LA COMTESSE DE RAOUL
SŒUR DE RAOUL DE COUCY.

DANS le ſein de la Terre, ô digne, ô tendre Amie,
Depuis deux ans je vis & meurs enſevelie :
Et du Tombeau, témoin de mes malheurs ſecrets,
Je vous trace mon ſort, & mes derniers regrets.
Épouſe peu coupable, Amante déſolée,
A d'injuſtes ſoupçons, ſans périr, immolée,

Ne pouvant m'élancer loin des reſtes épars
D'un mets horrible & cher, qu'évitent mes regards,
Rempliſſant l'air de cris, furieuſe, meurtrie,
Par mes ſanglantes mains déchirée & rougie,
Je m'arrache à ce lieu, repaire de ſerpens
Moins affreux que l'Époux auteur de mes tourmens.
Sur mon ſein j'excitai les dards de ces reptiles :
Eſpérance frivole, & tranſports inutiles !
Quand Fayel contre moi remplit ſes noirs deſſeins
Pour mon malheur encor ces monſtres ſont humains....

Peut-être ignorez-vous que tout le ſang d'un frere....
Comment pourſuivre ?... Un voile obſcurcit ma paupiere...
Chaque trait que je forme eſt noyé par mes pleurs ...
Un moment, s'il ſe peut, ſuſpendons nos douleurs.

Ce frere fut l'eſpoir, l'honneur de la Champagne.
Dès nos plus jeunes ans je devins ſa Compagne.
Mêmes ſoins, mêmes jeux rempliſſant nos loiſirs
Faiſoient couler nos jours dans les mêmes plaiſirs.
Abſente il me cherchoit ; il me trouvoit émuë
Du chagrin d'avoir pû m'éloigner de ſa vuë.

De joie il en pleuroit, j'éprouvois ses transports ;
Et je livrois ma bouche à ses tendres efforts.
Partageant son desir, innocent, mais extrême,
J'osois souvent, j'osois le prévenir moi-même.
Tous deux nous chérissions nos plus légers présens :
Offroit-il une fleur à mes appas naissans,
D'abord je m'en parois, & je me croyois belle.
Pénétrés d'une flâme inconnue, immortelle,
Ainsi nos jeunes cœurs se préparoient les maux
Dont nos parens cruels nous ont fait des bourreaux.
L'âge encor augmenta cette tendresse active.
Mon Ami, plus ardent, me trouva plus craintive ;
Et dès-lors la Nature, ou l'éducation
Fit changer les effets de notre passion.
Rougissant, m'éloignant, par Coucy retenue,
Ses yeux, qui me troubloient, faisoient baisser ma vue :
Plus de baisers. Coucy s'en plaignoit, me suivoit ;
Je blâmois ses transports, que mon âme approuvoit :
Le fruit de la raison est pour nous le mensonge !
Mais pourquoi rappeller les charmes d'un vain songe ?

Quel reveil le ſuivit ! quel jour ! quel déſeſpoir !
Raoul vole aux combats, je ne dois plus le voir :
On m'arrache aux deſirs d'un Héros qui m'adore,
Et l'on va me livrer à Fayel que j'abhorre.

Doux Tyran de nos cœurs, Amour, qui les conduis ;
Enfant de la Nature, & qui la reproduis,
Ame de l'Univers, & mobile des Etres,
Ah ! ſi le Genre Humain, ſans préjugés, ſans maîtres,
N'eût ſubi que ton joug, n'eût écouté que toi,
Au comble du bonheur il béniroit ta loi.
Mais l'intérêt, l'orgueil nous forgea des entraves ;
Et la ſociété nous rendit tous eſclaves.
Dans nos nouveaux beſoins, ſources de nos malheurs,
Nos ſeuls guides, nos Dieux ſont l'or & les grandeurs.
A leurs pieds la Vertu, l'Innocence ſuccombe :
Et le Vautour puiſſant s'unit à la Colombe.
La Nature, contrainte en tous ſes ſentimens,
Ne ſe reconnoît plus qu'à ſes gémiſſemens.
Mais, de tous les Humains écraſés ſous leur chaîne,
En fut-il dont les maux égalaſſent ma peine !

Je

Je rejettai les vœux de l'indigne Fayel.
Je ne veux point former un nœud si criminel
Non, j'adore Coucy, lui dis-je avec franchise ;
De lui, de ses vertus, Gabrielle est éprise :
Mon sein est un autel à ce Dieu préparé,
Où s'entretient un feu pur, immortel, sacré.
Eh ! bien, dit-il, cruelle, eh ! bien, il faut l'éteindre :
Il faut calmer des maux, qu'au moins vous devez plaindre ;
Ils sont nés de vos yeux, ils dévorent mon cœur :
Votre pere a parlé ; vous serez mon bonheur.
Et la guerre, entraînant Raoul hors de la France,
M'épargnera le soin de punir son offense.

Quels projets ! quel Arrêt ! il fut exécuté.
Il fut formé ce nœud barbare & détesté.
Ah ! quand au nom du Ciel, on consomma ce crime,
Je crus voir les Enfers enchaînant leur victime.
La Liberté, l'Amour, l'Innocence, l'Honneur,
Tout fut sacrifié. Mon pere avec horreur
Des roses de l'Hymen paroit mes funérailles ;
Et la Nature en vain déchiroit ses entrailles.

Tu revins, cher Raoul ; il n'en étoit plus tems :
Ou plûtôt ton retour manquoit à mes tourmens.
Dévoré de ſoupçons, & glacé par la crainte,
Mon déteſtable Époux augmenta ma contrainte :
Et, tel que ces Dragons d'un jardin fabuleux,
Il me gardoit armé de poiſons & de feux.
Il m'aimoit ; il mêloit la douceur à l'outrage,
Et mouroit dans mes bras, de plaiſir & de rage.
En proie à ſes fureurs j'abhorrai près de lui
Mon Etre, les Humains, tout, excepté Coucy.
Coucy veut me parler. O fatale entrevuë !...

Eſclave du devoir, par mes nœuds retenuë,
Par l'Amour embraſée, & contraignant mon feu,
Je diſois à Raoul un éternel adieu ;
De ma main, qu'il baiſoit, il recevoit un gage
De cheveux enlacés, frivole & cher ouvrage ;
O ſurpriſe ! ô malheur ! on vient ; c'eſt mon Époux.
Eſcorté, l'œil en feu, tranſporté de courroux
Il va frapper Coucy, Coucy va ſe défendre,
Je vole entre leurs coups ; on ne veut point m'entendre ;

À leur rage, à leur fer je présente mon flanc;
Et leur pitié barbare ose épargner mon sang:
Cher Raoul, m'écriai-je effrayée, abattuë,
Fuis, échappe; il soupire, & se perd à ma vuë.

Eh! pourquoi donc alors, pourquoi mon foible bras
Ne me fraya-t-il point la route du trépas?
Autour de moi, Fayel laissoit encor des armes.
Sourd à ma voix plaintive, insensible à mes larmes,
Il me fait entraîner, il me charge de fers
Dans ce séjour d'horreur, image des Enfers....
Mais, quel est ce forfait dont je fus la victime?
La Nature nous dit, aimer n'est point un crime:
Dans un gouffre de maux ah! loin de me plonger,
Vous deviez, juste Ciel, m'absoudre ou la changer.
Que dis-je! aucun forfait ne souilla Gabrielle:
Je fus ardente, foible, & non pas infidelle:
Et quand j'ai retenu Raoul, & mes transports,
De ma raison peut-être on louera les efforts.

O vous, de notre sexe adorateurs stupides,
Hommes présomptueux, & de plaisir avides,

Tyrans de l'Innocence & de la Liberté ;
Quand l'or, ou le pouvoir vous livra la Beauté,
Quel droit vous a donné ſur ſon âme ſenſible
Cette union contrainte, à ſes regards horrible ?
Eſclave, dévouée à combler vos deſirs,
Qu'elle ſoit, par vertu, fidelle à vos plaiſirs ;
Mais, du moins pardonnez à ſon cœur, qu'il faut plaindre,
Quelques feux combattus, qu'elle ne peut éteindre.
Que fais-je ? à la bonté j'excite des Mortels
Par leur propre intérêt rendus ſourds & cruels.
Leurs fureurs envers nous leur ſemblent légitimes ;
Et du Dieu Theutatès il leur faut les victimes.

Qui le fut comme moi ? ma ſenſibilité
Toujours de mes douleurs accrut l'activité.
A la ſombre lueur d'un flambeau funéraire
Le ſommeil rarement a fermé ma paupiere.
Il ne put me livrer à ces ſonges affreux
Qui doublent les tourmens des Etres malheureux.
Mais, ô fatalité ! ces Phantômes ſiniſtres,
De la Mort, qui m'appelle, images & Miniſtres,
Hors même du ſommeil, ont fait frémir mes ſens.
De larmes inondée en mes gémiſſemens

Quelquefois ma paupiere, affoiblie & pesante,
Ne me laisse entrevoir qu'une lueur tremblante :
Mes organes troublés, paroissant sommeiller,
Ne peuvent, en effet, ni dormir, ni veiller.
C'est alors, que mon âme en ses accès horribles
Crée, & voit mille objets effrayans & terribles.
Quelquefois, succombant sous un Monstre cruel,
Je l'ai vû transformé ; ce Monstre étoit Fayel.
Par un Tigre souvent meurtrie & déchirée,
J'ai senti tous les coups de sa dent acérée :
J'excitois sa fureur dans l'espoir de mourir ;
Vaines illusions ! je n'ai pû que souffrir.
Un jour enfin, ô crime ! ô supplice effroyable !
O de mon triste sort image déplorable !
Homme dénaturé ! barbare, horrible Époux !
J'ai vû... J'ai vû Raoul expirer sous tes coups :
Ta main le déchiroit ; & cette main fumante
Abreuva de son sang ta Femme & son Amante.

Je ne vous verrai plus, enfans de la terreur,
Spectres nés dans moi-même, & qu'a suivi l'horreur.

L'inſtant fatal approche, & va finir ma peine.
Terrible & favorable, il fait tomber ma chaîne :
Et, plaignant un Époux aux forfaits endurci,
Mon âme, avec tranſport, va rejoindre Coucy.
Que dis-je? quel eſpoir! qui? toi, qui les profanes,
Toi, leur vivant tombeau, toi rencontrer ſes mânes!
Je frémis! ... apprenez ... mais comment achever! ..
Je ſuccombe à des maux que je ne puis braver :
Cet Écrit ſe dérobe à mes mains défaillantes.
Que vois-je? il eſt ſouillé par des traces ſanglantes! ...
Tendre ſœur de Raoul, frémiſſez comme moi....

Après deux ans entiers paſſés dans cet effroi,
On ouvre ma priſon. C'eſt la dépoſitaire
Des ſecrets de mon cœur, Matilde qui m'eſt chere.
Elle ignoroit mon ſort, & vient dans mon Tombeau
Innocemment hélas! ſeconder mon Bourreau.
Embraſſant mes genoux, de ſes larmes baignée,
Je viens vous annoncer une autre deſtinée,
Me dit-elle; Fayel, las de vous immoler,
Déchiré de remords, demande à vous parler.
Il a fait vos malheurs; ſouffrez qu'il les répare.
Il eſt coupable encor, mais il n'eſt plus barbare.
Quand pour vous délivrer il deſcend en ces lieux,
Par l'aſpect de vos maux il veut punir ſes yeux.

Il veut dans un repas, pleurant ſes noires trâmes,
Obtenir ſon pardon, & réunir vos âmes.

De ces mots conſolans, de ces vœux de Fayel
Eh ! qui n'eût comme moi rendu graces au Ciel ?
Mon âme tout-à-coup dans le plaiſir ſe noie ;
Et mon œil étonné verſe des pleurs de joie.
Fayel ſe montre. Il parle : & ſon feint repentir
Me rend ſenſible aux maux qu'il paroit reſſentir...
A demi raſſurée, &, malgré moi, tremblante ;
Je me nourris d'un mets que ſa main me préſente :
O mon Amie !... ô rage ! incroyable tourment !...
Ma bouche a dévoré le cœur de mon Amant.
Je l'apprends de Fayel ; il s'échappe : & je tombe
Sur la terre ſouillée, où va s'ouvrir ma Tombe.

Quel Démon aſſez noir a donc pû te forcer
Au crime que ma plume à peine oſe tracer,
Perfide ?... Mais Matilde à mes ordres fidelle
Va d'un poiſon brûlant... J'entends ouvrir ; c'eſt elle...
Coulez, fatal breuvage, & portez dans mon ſein
Les maux, l'horreur, la Mort, plus doux que mon deſtin...
Je triomphe ; à la Terre enfin je ſuis ravie.
Je n'y regrette hélas ! que l'âme d'une Amie...

Elle déplorera mon amour, mon malheur.
Mais je sens... quel tourment ! quelle affreuse douleur!
Ah ! mon Amie ! ô Ciel !... Eh ! quoi ! dois-je me plaindre
De ce feu dévorant, qui bien-tôt va s'éteindre ?
Destructeur de mon Etre, il comble mon desir.
Ah ! souffre, malheureuse, & meurs avec plaisir...
Amis, Amans, Époux qui lirez mon Histoire,
Accordez quelques pleurs à ma triste mémoire.
Et vous qui contraignez les cœurs de vos Enfans,
Soyez leurs Bienfaicteurs, & non pas leurs Tyrans.
Vous devez les chérir, les guider, les instruire ;
Mais leur cœur... C'en est fait... Raoul!.. Raoul !.. J'expire.

LES AMOURS INFORTUNÉS
DE GABRIELLE DE VERGY ET DE RAOUL DE COUCY.

ROMANCE.

HElas ! qui pourra jamais croire

L'Amour de Raoul de Cou- cy ?

Hé-las ! qui ne plaindra L'hiſtoi- re

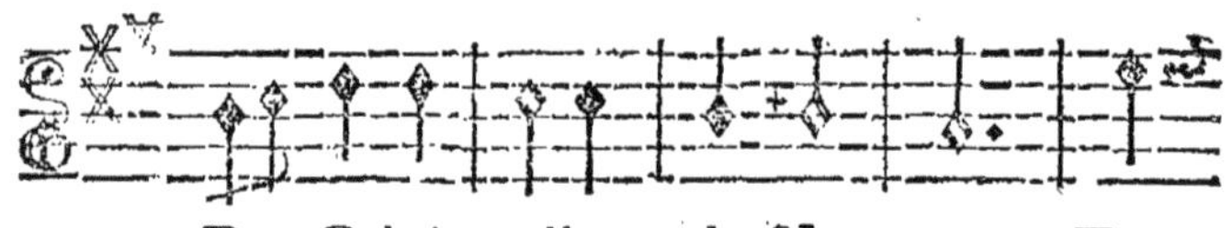

De Gabri- elle de Ver- gy ? Tous

deux s'ai- merent dès l'en-fance : Mais

le Sort injuſte & ja- loux L'avoit

mi-ſe ſous la puiſ- ſance D'un cruel

& bar- bare É- poux.

Fayel, Époux de Gabrielle,
Tourmenté de jaloux ſoupçons,
Avoit enfermé cette Belle
Dans les plus affreuſes priſons.
Tout Amant étoit redoutable;
Mais ſur-tout Coucy l'allarmoit:
Et Gabrielle fut coupable,
Dès qu'il ſçut que Coucy l'aimoit.

Elle employoit en vain les larmes
Pour parvenir à le calmer:
Ni ſa jeuneſſe, ni ſes charmes,
Rien ne pouvoit le déſarmer.
Quel eſt mon crime? diſoit-elle;
L'innocence devroit toucher:
Je ſuis & je ſerai fidelle;
Qu'avez-vous à me reprocher?

❖ ❖ ❖

Partage les maux que j'endure,
Répondoit l'inflexible Époux.
J'ai tout appris. Crois-tu, parjure,
Éviter un juſte courroux ?
Coucy n'a que trop ſçu te plaire ;
Et bien-tôt je m'en vengerai.
Ce nom allume ma colere ;
Mais dans ſon ſang je l'éteindrai.

Cependant Coucy, le modele
Des vrais & des parfaits Amans,
Ayant appris de Gabrielle
Et la priſon, & les tourmens,
Par un effort, que l'Amour même
N'approuva pas, ſans en frémir,
Des lieux qu'habite ce qu'il aime
Il réſolut de ſe bannir.

Je vais, dit-il, par mon abſence
Calmer le barbare Fayel ;
Je quitte pour jamais la France.
Ah ! que ce départ eſt cruel !
N'importe ; je me ſacrifie
Au cher Objet de mes amours ;
Trop heureux en perdant la vie
Si je conſerve ſes beaux jours !

Il part, & va joindre l'Armée
Dans les pays les plus lointains.
Elle étoit alors occupée
A combattre les Sarrasins.
Il se met d'abord à la tête
De deux cents Chevaliers choisis :
Avec leur secours il arrête
Tous les efforts des ennemis.

L'Amour, le Désespoir, la Rage
Tour à tour animant son cœur,
Redoubloient encor son courage ;
Enfin il revenoit vainqueur :
Quand d'une blessure cruelle
Il se sent déchirer le flanc.
Frappé d'une atteinte mortelle
Il tombe baigné dans son sang.

Alors, sentant sa fin prochaine,
Il demande son Ecuyer.
D'une main, qu'il conduit à peine,
Il écrit sur son bouclier.
Monlac arrive tout en larmes :
Ne plains point, dit-il, mon destin ;
Plains plûtôt celle dont les charmes
N'ont pû fléchir un Inhumain.

Apprends ma volonté ſuprême ;
Tes ſoins ſeront récompenſés.
Porte mon cœur à ce que j'aime
Avec ces mots que j'ai tracés.
Je remets ce ſoin à ton zèle... ;
Il expire, & prononce encor
Le nom chéri de Gabrielle
Juſques dans les bras de la Mort.

✧ ✧ ✧

Victime de l'obéiſſance,
Monlac ayant exécuté
D'un Maître adoré dès l'enfance
La triſte & tendre volonté,
S'embarque à l'inſtant pour la France:
Il arrive près du Château
Du Tyran, qui ſous ſa puiſſance
Renfermoit l'Objet le plus beau.

✧ ✧ ✧

Seul confident de l'entrepriſe,
Il attend un heureux moment.
Avec grand ſoin il ſe déguiſe
Pour réuſſir plus ſûrement:
Quand Fayel, que l'inquiétude
Ne laiſſoit jamais en repos,
Le voit près de ſa ſolitude,
Le prend pour un de ſes Rivaux.

Il l'arrête, & croit le connoître :
Il le perce de mille coups.
Craignant tout des projets du Maître ;
Rien n'échappe à ſes yeux jaloux.
Quel plaiſir enivre ſon âme !
Il voit le cœur, il en jouit :
Quel coup funeſte pour ſa flâme !
Il lit la Lettre, il en frémit.

✤ ✤ ✤

Dès qu'il les eut en ſa puiſſance,
N'écoutant plus que ſa fureur,
De la plus barbare vengeance
Il médite en ſecret l'horreur.
La ſombre & pâle jalouſie,
Ce Monſtre ſuivi de regrets,
Pour venger ſa flâme trahie,
Lui ſouffle les plus noirs projets.

✤ ✤ ✤

Il goûte déjà par avance
Les douceurs qu'elle lui promet.
De cette flatteuſe eſpérance
Il craint de retarder l'effet.
Je veux, dit-il, que, l'impoſture
Cachant l'affreuſe vérité,
Ce cœur aimé de la Parjure
Comme un mets lui ſoit préſenté.

On obéit ; & l'heure arrive
Où l'on ſert ce repas cruel.
Gabrielle triſte & craintive
Approche en tremblant de Fayel.
Pour hâter l'inſtant qu'il eſpere
Il offre, il preſſe ; elle ſe rend.
Ce mets, dit-il, a dû te plaire ;
Car c'eſt le cœur de ton Amant.

✤ ✤ ✤

Elle tombe ſans connoiſſance.
Fayel, que la fureur conduit,
Craignant de perdre ſa vengeance,
La rappelle au jour qu'elle fuit.
Juſte Ciel ! quelle barbarie !
S'écria-t-elle avec effroi...
Moindre encor que ta perfidie :
Vois cette Lettre, & juge-toi.

✤ ✤ ✤

Il lui commande de la lire,
L'obſervant toujours avec ſoin.
Il croit adoucir ſon martyre,
Si de ſa honte il eſt témoin.
Elle prend d'une main tremblante
L'Écrit qui doit combler ſes maux,
Et d'une voix foible & mourante
Prononce avec peine ces mots :

» Bien-tôt je vais cesser de vivre ;
» Sans cesser de vous adorer ;
» Content si ma mort vous délivre
» Des maux qu'on vous fait endurer.
» Elle n'a rien qui m'épouvante ;
» Sans vous, la vie est sans attraits.
» Un regret pourtant me tourmente ;
» Quoi ! je ne vous verrai jamais !

❖ ❖ ❖

» Recevez mon cœur comme un gage
» Du plus vif, du plus tendre amour.
» De ce triste & nouvel hommage
» J'ose esperer quelque retour.
» Daignez l'honorer de vos larmes.
» Qu'il vous rappelle mes malheurs.
» Cet espoir a pour moi des charmes.
» Je vous adore. Adieu : je meurs.

❖ ❖ ❖

Elle veut répéter encore
Des mots si tendres, si touchans :
En prononçant, *je vous adore*,
Un froid mortel saisit ses sens.
Par un excès de barbarie
Fayel prend des soins superflus
Pour la rappeller à la vie
Mais elle n'étoit déja plus.

FIN.

APPROBATION.

J'ai lû par ordre de Monseigneur le Vice-Chancelier, un Manuscrit intitulé : *Lettre de Gabrielle de Vergy, à la Comtesse de Raoul* ; & je n'y ai rien trouvé qui m'ait paru devoir en empêcher l'impression. A Paris, ce 27 Avril 1766.

CREBILLON.

De l'Imprimerie de la Veuve BALLARD, Imprimeur du Roi, rue des Noyers.

www.ingramcontent.com/pod-product-compliance
Ingram Content Group UK Ltd.
Pitfield, Milton Keynes, MK11 3LW, UK
UKHW012122240726
13965UKWH00005B/1924

9 782013 577816